作者 谷川俊太郎

    1931 年生于日本东京。诗人。1952 年以诗集《二十亿光年的孤独》登上文坛。创作了大量诗歌，还创作了歌词、剧本、绘本、电影脚本等，并翻译国外的文学作品。为孩子们创作了很多作品，如《语言游戏之歌》《小学一年级学生》等，翻译的里奥·里奥尼的绘本广为人知。1962 年为《月火水木金土日之歌》创作的歌词获得日本唱片大奖作词奖。1975 年，翻译作品《童谣之歌》获得日本翻译文化奖。1982 年，作品《日子的地图》获得读卖文学奖。1986 年，作品《无论何时都是现在》获得齐田乔戏曲奖。

绘者 轻部惠

    1974 年生于日本名古屋。童年时在爸爸工作的美术教室学习美术。1997 年毕业于金泽美术工艺大学油画专业。在从事绘画工作的同时，还在福利机构创建的美术教室做志愿者。绘本作品有《在生日的前一天》《孔雀的烟花》，插画作品有《继续梦想》。作品入选 2003 年意大利博洛尼亚国际插画展。

编委会负责人

野上晓

    生于 1943 年。评论家、作家。曾担任白百合女子大学儿童文化专业讲师、东京成德大学儿童研究专业讲师。日本儿童文学学会会员、国际文艺家协会日本分会会员。代表作有《和孩子一起玩耍》《日本现代儿童文学》《当代儿童现状》《儿童学的起源》等。

田中正彦

    生于 1953 年。儿童文学作家。创办了网站"儿童文学书评"。作品《搬家》获椋鸠十儿童文学奖，《对不起》获产经儿童出版文化奖并被拍成电影。其他作品有《年历》《针对成年人的儿童文学讲座》等。

爷爷

〔日〕谷川俊太郎 著
〔日〕轻部惠 绘
林 静 译

去世了

北京科学技术出版社
100层童书馆

爷爷去世了。

他从医院被送回自己的房间里，看起来像睡着了一样。

可是我再怎么叫他，他也不会答应了。

他的手特别冰凉。我开始有点儿害怕了。

难道爷爷已经变得不是爷爷了？

爸爸说今晚要睡在这里，
他在爷爷的旁边铺上被子，
盘腿坐着喝酒。
平时总是唠叨个不停的妈妈，
今晚也沉默不语。

举办爷爷葬礼的时候来了很多人。

有些人在哭，

不过大多数人都在开心地谈论爷爷生前的事情。

我也没哭，不知道为什么，我并不觉得悲伤。

葬礼结束了。
爷爷的遗体被烧成了骨灰，爷爷不在了。
但是，我并没有感觉到他不在了。

爷爷只是不在这里了，
他应该在别的什么地方吧，我想。

可是，他不在这里的话，会去哪里呢？

妈妈说"爷爷去了天堂"，听上去有点儿假。
我在书上看到过云朵上的、金光闪闪的天堂，
但那都是人们的想象。

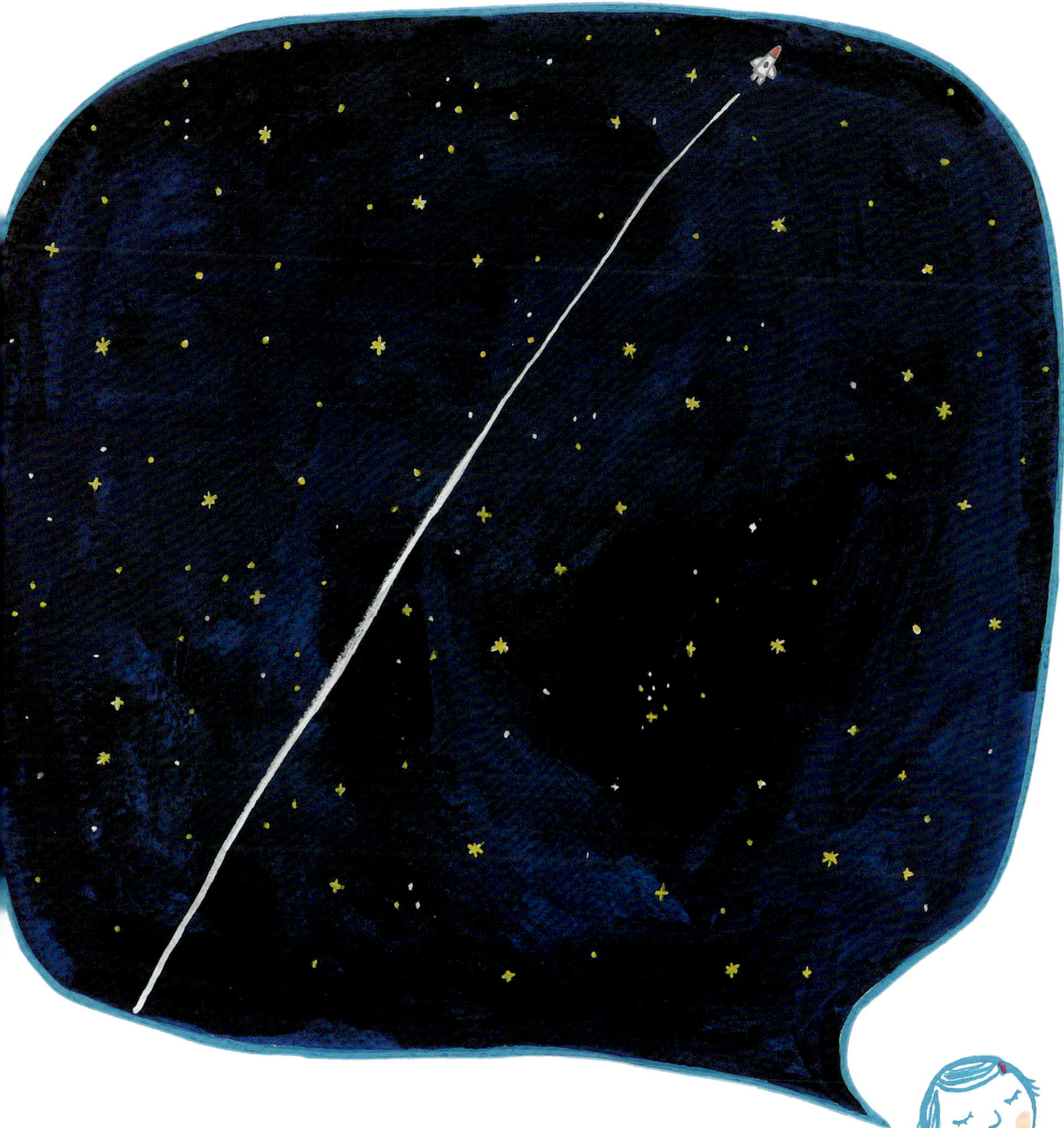

乘着火箭，不管在天空中飞多远，
都只能看到很多星星而已。

我那样说了之后，

妈妈问我："你的心里难道没有爷爷吗？"

应该有吧……
但是不能像爷爷活着的时候那样和他说话，
也不能和他拥抱。

我在漫画里见过能和死去的人说话的地方，
那个地方像是温泉的泉眼。
那里有好几个年龄大的女人，
她们能把死去的人的灵魂召唤出来，
并用那个人的声音说话。

灵魂是什么样的东西呢？像心灵一样的东西吗？

灵魂看不见、摸不着，也没有气味，
那怎么证明灵魂的存在呢？

不过，照这么说的话，重力也是看不见的，电波也是看不见的，
自己和别人的感受也是看不见的。
虽然看不见灵魂，我却能感觉到它，知道它的存在。

爸爸曾经说："身体是物质，而灵魂是能量。"

照相机拍下的爷爷的面孔，
录像机录下来的爷爷的声音，
彩绘信纸上留下的爷爷的画和字，
看着这些，听着这些，
我被打动了，
这一定是爷爷灵魂的能量在发挥作用。

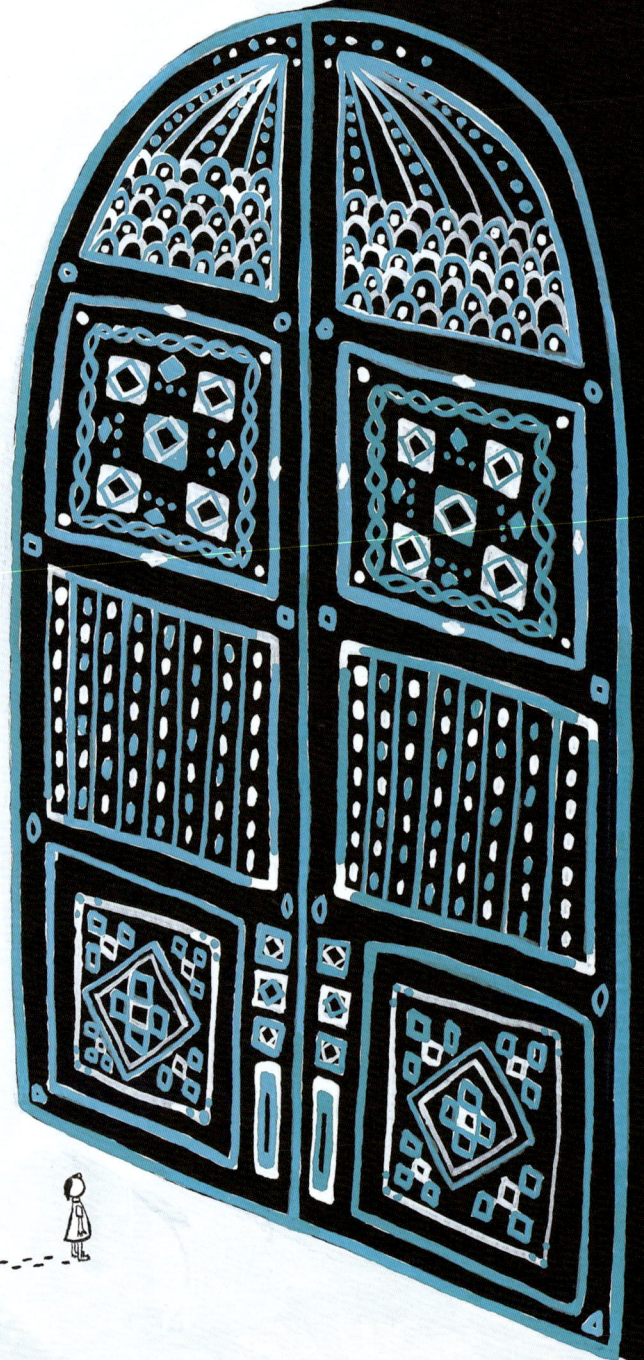

活着的我们，

对死去的人所去的世界有各种各样的想象。

不过，因为活着的人都没有去过那个地方，

所以我们都害怕死亡。

但是，一想到即使肉体死后，

我的灵魂也不会消散，

我的能量还能继续存在，

我就对死后的世界不那么恐惧了。

人在活着的时候无法感知到的东西、
无法想象到的事情，
在人死后是什么样的呢？
或许到了那时，
我不再是现在的我了。

27

在遥远的过去、
在宇宙大爆炸的瞬间，
物质是从能量中产生的，
那么死亡也许就是物质摆脱了形态的束缚，
又回归了能量本身。
也许，死后我们就回归"真正的故土"了。

小学六年级的夏天，我收到了京都的祖父病危的电报。那时还没有新干线，母亲带着我坐了好几个小时的东海道线赶往京都。等我们到那里的时候，祖父已经去世了。

母亲让我向祖父道别。我一个人去了祖父的房间，把盖在祖父脸上的白色纱布掀开，摸了摸祖父的额头。他的额头凉得惊人，我突然害怕起来，跑到了大家都在的房间。

祖父的身体让我有生以来第一次接触到了死亡。这和故事里讲的、电影里看到的死亡完全不一样。几年以后，我在家附近看到了在火灾中死去的人，他们活着时温暖、柔软的身体变得又黑又硬，手和脚像石雕一样伸向天空。望着这样的景象，一种异样的、不同于恐惧和悲伤的感受涌上心头。

现在，我住在已经去世的父母的房子里。房间里挂着朋友给我的父母拍摄的大幅照片，每天我都有一种在父母的庇护下生活的感觉。虽然我也去墓地祭拜，但是相比之下，我还是觉得在有照片的家里更能感受到父母的存在。人们不仅能感受到逝去的亲人依然在身边，回忆起逝去的好友，也会感觉对方仿佛就坐在自己的身边一样。

谷川俊太郎

著作权合同登记号　图字：01-2021-4785

图书在版编目（CIP）数据

爷爷去世了 / (日) 谷川俊太郎著；(日) 轻部惠绘；林静译. — 北京：北京科学技术出版社，2024.3
ISBN 978-7-5714-3312-3

Ⅰ. ①爷… Ⅱ. ①谷… ②轻… ③林… Ⅲ. ①儿童故事 – 图画故事 – 日本 – 现代 Ⅳ. ①I313.85

中国国家版本馆CIP数据核字（2023）第209353号

策划编辑：荀　颖	电　话：0086-10-66135495（总编室）
责任编辑：张　芳	0086-10-66113227（发行部）
封面设计：沈学成	网　址：www.bkydw.cn
图文制作：百色书香	印　刷：北京博海升彩色印刷有限公司
责任印制：李　茗	开　本：787 mm×1092 mm　1/20
出 版 人：曾庆宇	字　数：25千字
出版发行：北京科学技术出版社	印　张：2
社　址：北京西直门南大街16号	版　次：2024年3月第1版
邮政编码：100035	印　次：2024年3月第1次印刷
ISBN 978-7-5714-3312-3	

定　价：45.00元